肖文津 著

高等学校数字设计艺术教材系列

卡通形象设计

DIGITAL ART & DESIGN

主编：王传东 罗云平

山东美术出版社

图书在版编目（CIP）数据

卡通形象设计/肖文津著．—济南：山东美术出版社，2005.7（2011.8重印）

（高等学校数字设计艺术教材系列/王传东，罗云平主编）

ISBN 978-7-5330-2114-6

Ⅰ.卡… Ⅱ.肖… Ⅲ.动画-造型设计-高等学校-教材 Ⅳ.J218.7

中国版本图书馆CIP数据核字（2005）第062792号

主管部门：山东出版集团

出　　版：山东美术出版社

济南市胜利大街39号（邮编：250001）

发　　行：山东美术出版社发行部

济南市胜利大街39号（邮编：250001）

电话：（0531）86193019 86193028

印　　刷：济南鲁艺彩印有限公司

开　　本：787×1092毫米 16开 6印张

版　　次：2005年7月第1版 2011年8月第3次印刷

定　　价：36.00元

序言

美国学者阿尔温·托夫勒在他的成名作《第三次浪潮》中提出了三种文盲的概念。他预言：随着社会的演进和科技的发展，人类将产生“文字文化文盲、计算机文化文盲和影像文化文盲”。文字文化文盲是农业社会的产物，而计算机文化文盲、影像文化文盲则是工业社会，特别是后工业社会的产物。现代社会，随着摄影、电影、电视、录像及计算机、网络的日益发展，以影像文化为代表的数字影像文化已成为现代文化的重要特征和鲜明标志。

影像艺术与影像文化在现代生活中扮演着举足轻重的角色。直至现代随着计算机的发展、互联网的普及加之现在异军突起的三维动画，以图像、影像为主体的视觉文化正逐渐挑战并取代以语言为中心的理性主义形态。数字影像文化传播时代的来临，不但标志着一种文化形态的转变和形成，也标志一种新传播理念的拓展和形成。

既然数字影像文化的来临已是不可改变的现实，那么对它的学习和研究也就成为摆在我们面前迫切而艰巨的课题。

目前，在我国很多高校都把数字影像艺术教育作为教学的重要课程，有的学院已设置了数字影像艺术专业，但教材的缺乏和教程的不系统化却严重得影响了教学质量。在此大环境下，《数字设计艺术教材系列》应运而生。本教材丛书的编委们都是多年从事于数字影像艺术教育前沿的教育家和理论家，他们以丰富的教学经验和对数字影像发展的敏锐嗅觉，共同探索数字影像艺术未来的发展。经过他们长期不懈地努力，终于创作完成了这一系列教材丛书。本教材富有强烈的时代气息、严谨的科学态度，把握住了数字影像艺术发展的脉搏，是高校进行数字影像教学不可多得的教科书和工具书。

本教材丛书把摄影、数字影像、动画及影视美术等前沿学科作为重点，分门别类地进行研究阐述。教材图文并茂，形象直观、深入浅出地介绍了优秀作品的创作构思与实际操作，在高校的数字影像教育中有相当大的实用价值。当然，教材的编写过程中也难免有疏漏之处，诚望各位专家学者、及广大读者批评指正。

2005.6.20

DIGITAL ART & DESIGN

目录

第一章

概述－基础篇

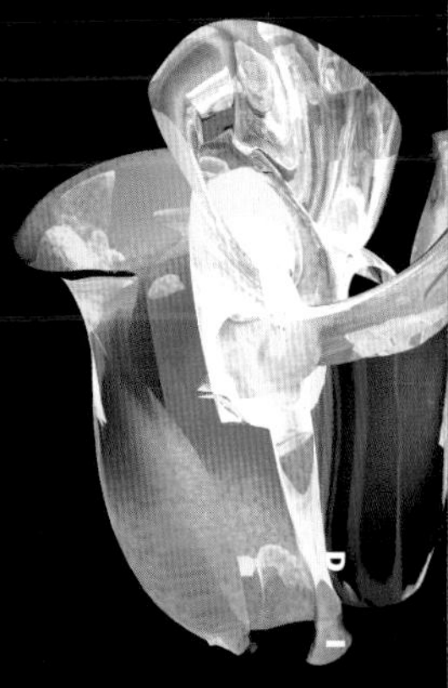

DIGITAL ART & DESIGN

图1.1.1唐老鸭形象

图1.1.2斯努比形象

图1.1.3斯努比形象

第一节　卡通的起源

卡通艺术至今已有百多年历史，卡通形象以其诙谐幽默的笔法和浪漫的幻想方式而为大众所喜爱，尤其到上世纪30年代美国迪斯尼公司的诞生使卡通艺术真正发扬光大并产生巨大的商业利益。卡通艺术逐步发展成熟，并使人们看到它无穷的艺术魅力和巨大的商业利益。沃尔特·迪斯尼的米老鼠系列动画的产生确立了美式卡通造型的经典性地位，好莱坞式的卡通造型风格深入人心，风靡世界。至今许多形象仍经久不衰，为人们所津津乐道。随着时间和经济的发展，卡通艺术因地域和文化的不同而产生了不同的风格阵营，美式卡通、欧式、日式、港台等等风格缤纷繁杂，各具特色。日本自20世纪70年代开始在卡通艺术方面独树一帜，发展形势之迅猛，令人吃惊。日式卡通文化也带动和影响日本经济的发展从而孕育出日本这样的“漫画的王国”。日式卡通从出版物到动画片，其产量惊人。在早期动画制作中，日本动画家吸取借鉴了美国动画的特点，将工序流程进行了有效的缩减，创造出我们现在所称之为的“半动画”加工模式，即在动画片中除关键镜头运用每秒24帧拍摄外，其它镜头多采用每秒8－12帧来拍摄，这样既节约了制作的成本和时

1.1.4 凯蒂猫形象

1.1.5 机器猫形象

1.1.6 索尼克形象

1.1.7 加菲猫形象

1.1.8 索尼克形象

间，又不影响影片的整体质量，这一特色方法保留至今，与美式动画的大场景，多动作的制作模式形成很大的差别。与美日商业动画相对立的欧洲的独立艺术动画。欧洲的动画制作人多采取小规模制作的模式来探索动画的深层意义，在这些卡通作品中商业价值被大大削弱，而更多的是强调卡通的艺术个性。探索性的实验作品在欧洲动画中占了绝大部分，其强烈的艺术个性虽为业内人士所称道，但同时也失去了广泛的群众性，其本身的商业价值也无法与日美卡相比较。 从早期的卡通形象米老鼠、唐老鸭开始到今天，艺术家们用他们奇妙的幻想，灵异的画笔为我们创造了一个虚幻而又真实的卡通艺术王国。忍者神龟、七龙珠、超人、蝙蝠侠、再生侠、圣斗士、机器猫、三毛、阿凡提、孙悟空、哪吒等等形象深入人心。卡通艺术以其巨大的魅力感染影响着整个世界，从文化领域到经济领域，卡通艺术都对世界产生了巨大的影响。随着新世纪的到来，

1.1.9《大闹天宫》中的角色造型

1.1.11《大闹天宫》中的角色造型

1.112《大闹天宫》中的角色造型

1.1.10《大闹天宫》中的角色造型

卡通艺术更以其自身的独特魅力在文化经济领域高歌猛进，与其它艺术形式一起对人类生活产生着巨大的影响，已成为世界主流文化中一朵奇葩！我国的卡通艺术起步较早，30年代张乐平的“三毛”系列为中国的卡通艺术奠定了基础。其后万氏兄弟的动画片亦成为中国动画史上的里程碑。建国后我国的卡通动画艺术进入了一个繁荣发展的创作时期。《大闹天宫》、《哪吒闹海》、《阿凡提》系列、《黑猫警长》系列等动画片的产生使其中的形象广为人知，受到观众的喜爱。从70年代开始，我国卡通艺术进入低潮，与国际动画产业产生了巨大的差距，这主要是我国动画产业的商业链没有形成，从而导致卡通形象的昙花一现，卡通艺术的商业价值无法实现。从20世纪90年代开始，我国开始振兴卡通动画事业，在国家经济的发展和政府的扶植下，卡通动画产业得以迅猛发展，相关公司、团体、学院应运而生，相信在不久的将来，中国卡通艺术将以其独特的民族特色屹立于世界卡通艺术之林。

1.1.13《大闹天宫》中的角色造型

1.1.14《大闹天宫》中的角色造型

第二节 卡通的概念

卡通是英文“Cartoon”的音译，指可以活动的图画。我们中文里习惯称之为“漫画”。虽然在现阶段对于卡通的概念有多种多样的解释，但我们可以把它规结为一种动感艺术。无论是在平面卡通画及动画艺术中，动感是其追求的基本目标，运用这些动感化的图画符号来传达艺术家的思维和理念。“动”是卡通艺术的灵魂。正是由于其自身这一特点使卡通艺术形式生动、内容丰富，通俗易懂、传播性强。

卡通艺术是文学、影视、戏剧、音乐、服装等艺术门类的综合体，既相近又具有自身独特的形式，它是通过虚拟的主角展开情节、讲述故事、传达信息，与传统意义上的应文配图的连环画相比，卡通更注意影视的境头感，使平面的图书也一样具有了影视作品的镜头运用，使读者仿佛在欣赏电影。

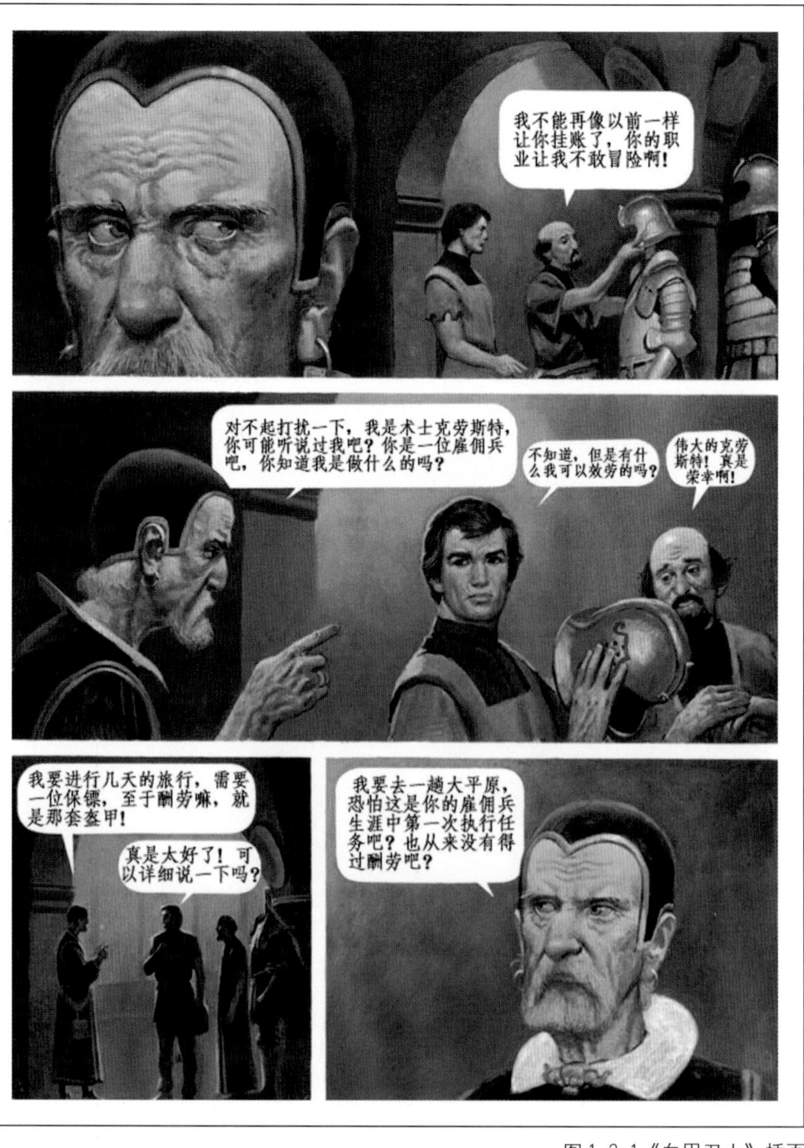

图1.2.1《白甲卫士》插页

《星球大战》插页

图1.2.2《白甲卫士》插页

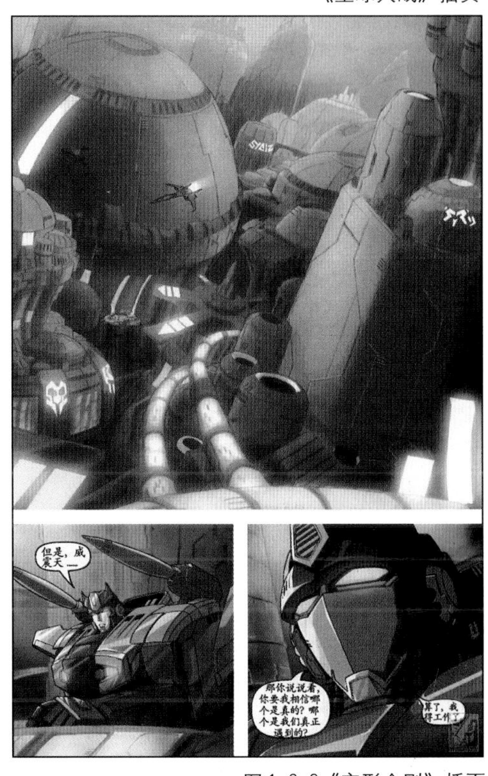

图1.2.3《变形金刚》插页

图1.2.4《变形金刚》插页

图 1.2.5《休眠猛兽》插页

图 1.2.7《金庸群侠传》插页

图 1.2.6《休眠猛兽》插页

图 1.2.8《金庸群侠传》插页

第三节 卡通形象

卡通形象是指在卡通艺术作品中单独设计出来的艺术形象。这些卡通形象就好象电影中的角色演员。无论是动画片中还是平面卡通作品中，主角的形象设计是整个作品的灵魂所在，一部卡通作品的成功与否在很大程度上与作品中角色的设定优劣有极大关系。设计成功的形象往往使人过目不忘，具有独特的审美性和持久的亲和力。在设计中通过夸张变形，使卡通形象具有不同于其它形象的特点，既要有独特性又要简约直白，容易观赏和记忆。往往一部作品的内容还不为人熟知，但作品中的形象已广为人知。在这一点上，卡通形象比现实中的电影明星更具有生命力和商业号召力。尤其在当今经济社会中，卡通形象已不仅仅是局限于作品本身，一个成功的形象更具有广阔的商业意义。形象可以在这个商业链中得到更广泛的应用，而形象本身的产业化延伸是它保持长久魅力的法宝。

一、美式卡通的特点

美式卡通以迪斯尼的生产模式而占据了世界卡通的霸主地位。美式卡通以其高投入、高产出、高科技的生产方式使其形象作品风格深入人心，在世界卡通影响之大无人能及。

在动画作品中，迪斯尼公司为全世界带来许多让人喜爱的卡通形象。从最知名、最具号召力的原创形象——米老鼠和唐老鸭，传统故事中的白雪公主、小白象，直到今天的狮子王、花木兰、怪物史莱克，单从形象的设定来看，迪斯尼的形象因其浓重的美式文化的风格而独立于世界卡通之林。你只要把动画片《花木兰》中的花木兰形象与美国电影大片《真实的谎言》、《谍中谍》、《杀死比尔》中的东方女性形象相比较，就不难看出美式影片对东方女性形象和个性的描绘是多么的相似。迪斯尼的形象造型简约、美丑分明、正义

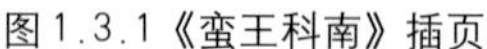

图1.3.1《蛮王科南》插页

图1.3.2《蛮王科南》插页

图1.3.3《蛮王科南》插页

与邪恶角色让人一目了然，与东方卡通文化中的形象相比，美式卡通形象更加夸张和单纯，色彩鲜艳明快，造型体积感较强，强调表情的大幅度变化，动作夸张而动感强烈，仿佛音乐中的摇滚，节奏变化明快、酣畅淋漓。让这些形象具有更持久生命力的秘诀更在于其成功的商业运作方式。每一部迪斯尼动画片的形象都不是单独存活于动画片中的，一旦形象为观众所认可，迪斯尼会让它们在其它相关商业领域中持久释放。米老鼠和唐老鸭也正因为这种商业运作方式而成为世界性的明星形象。从图书到电子游戏，从文具到服装，从餐饮到旅游，使人们在生活中无处不感受到形象的存在。几十年过去，形象已完全溶入到现实世界中，其巨大的商业价值回报更促进了形象本身的持久发展，从而使迪斯尼的卡通形象成为国际化意义上的形象。

相对于美式动画片的低龄化，美式的卡通连环画则更加适合于成人。美式的卡通连环画主要

图 1.3.4《终结者》插页

图1.3.5《终结者》插页

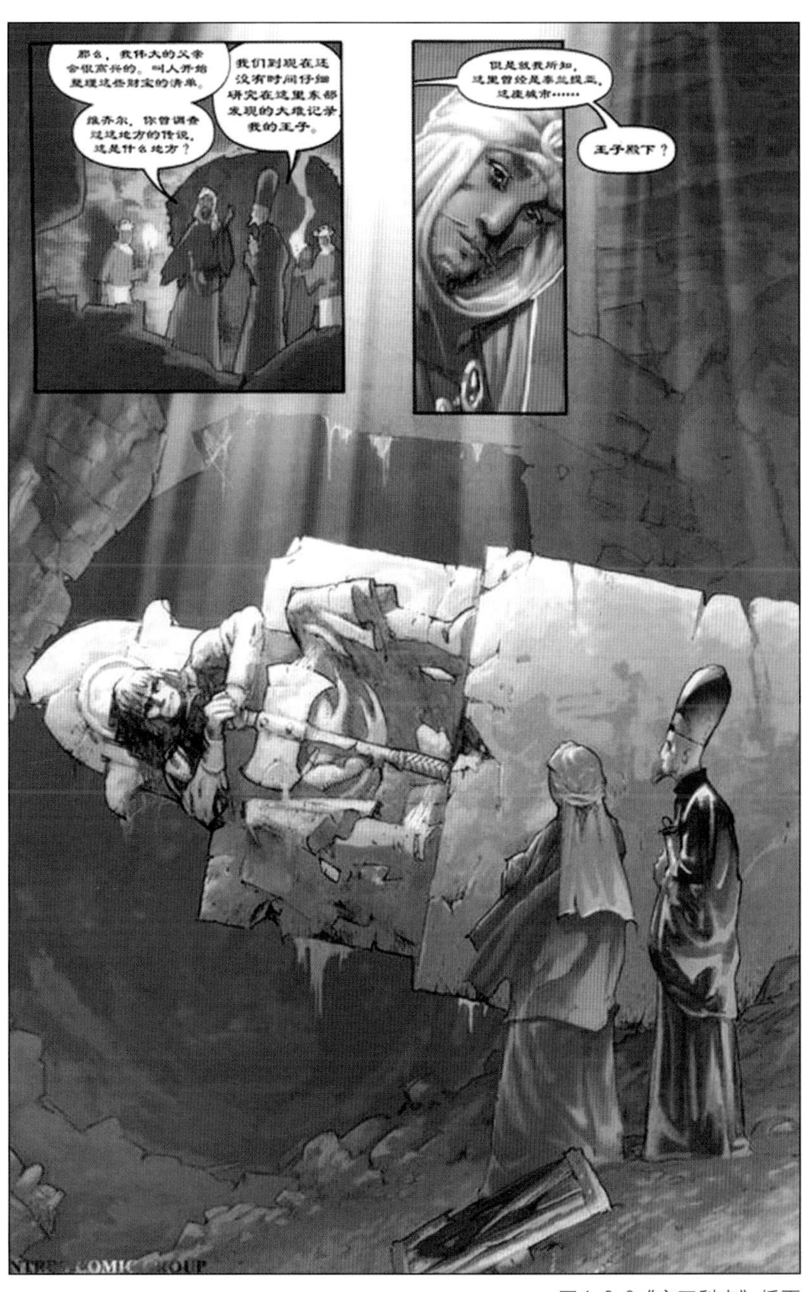

图 1.3.6《蛮王科南》插页

是以“漫画英雄”为主要内容，大多讲述一位具有超能力的主人公与社会邪恶势力斗争、除暴安良的故事。从早期的《超人》、《忍者神龟》到现在的《蜘蛛侠》、《夜魔侠》、《再生侠》，故事的内容模式都差别不大。美式卡通连环画的造型与内容相配合，讲究动感，大魅力，大场面，标新立异，古怪诡异的造型服饰，超酷超炫的兵器用品等等，有时往往使人忽略了故事的内容而更多的关注主角形象的自身。蝙蝠侠、蜘蛛侠、再生侠等卡通造型往往更成为人们谈论和喜爱的目标，而对于他们那么重复的英雄除恶的故事却容易淡忘，这也成为美式卡通连环画中形象大于故事内容的特点。美式卡通连环画中的主角大多是成人，往往是在讲述一个普通男人成长为英雄的过程，这一点与日本卡通中“十二岁孩子拯救世界”的观点截然相反。

LIKE A LEAD BALLOON, THEY FALL.
A JUTTING SECTION OF THE BUILDING RENDERS THAT EFFORT USELESS.
SENSING IMPENDING DISASTER, THE HELLSPAWN'S CLOAK ATTEMPTS TO FORM WINGS.
SCREAMING, THE CURRENT OCCUPANTS OF THE 17th FLOOR SCATTER. SECURITY FORCES HAVE BEEN ALERTED.
unng.
Uh?! NOT DEAD, YET? GOOD!!
I DIDN'T WANT YOUR PAIN TO END TOO QUICKLY.
WHO ARE YOU?!

图1.3.7《再生侠》插页

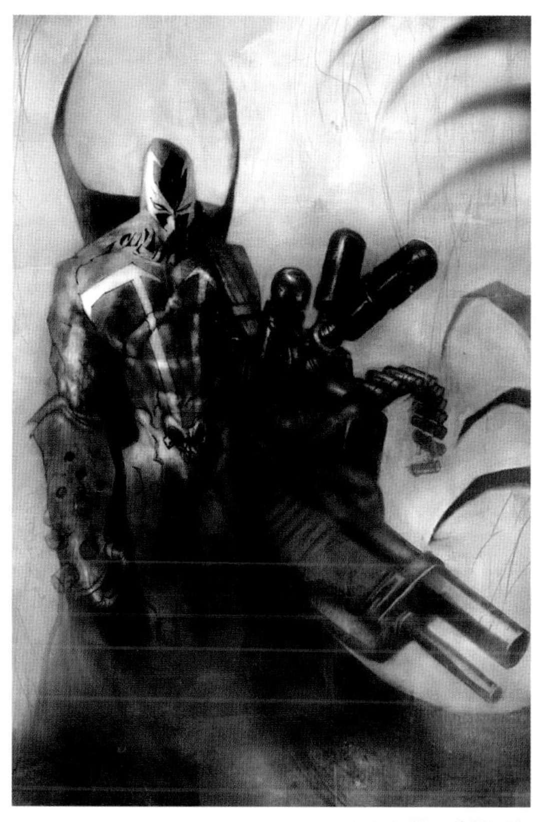

图1.3.8漫画英雄形象

图1.3.9漫画英雄形象

图1.3.10漫画英雄形象

图1.3.11漫画英雄形象

图1.3.12 漫画英雄形象

图1.3.13 蝙蝠侠形象

图1.3.14 狼人形象

图1.3.15 暴风女形象

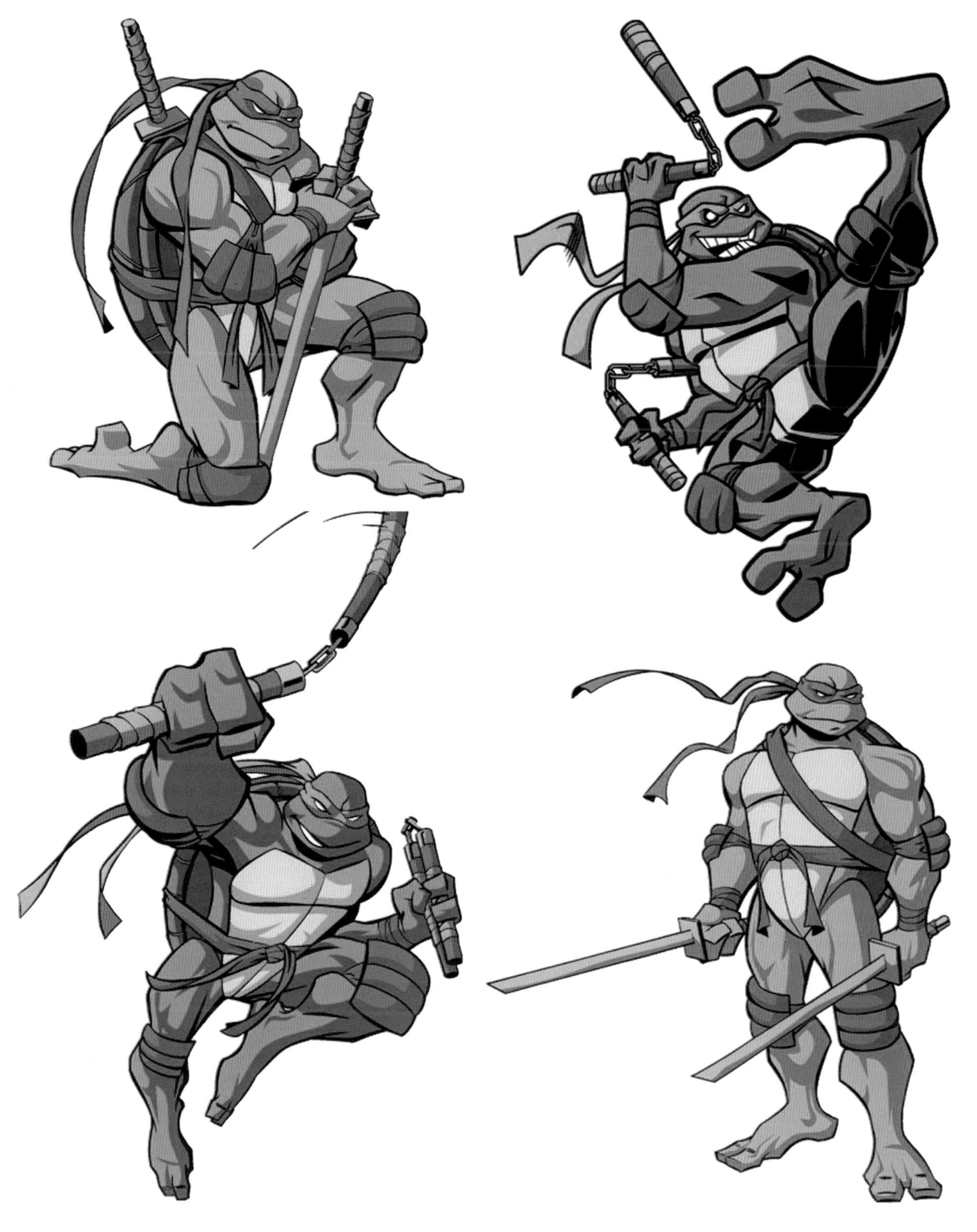

图1.3.16忍者神龟形象

1.3.17《忍者神龟》插画

1.3.18《忍者神龟》插画

图1.3.19《忍者神龟》插画

图1.3.20《通灵王》插画

二、日式卡通的特点

日式卡通通过其独特的创作和运作方式成为世界卡通艺术中一个重要的形式门类。尤其在亚洲，日本卡通文化对整个地区的影响持久而且巨大。日本的卡通、游戏等相关产业的发展也成为日本文化产业的重要支柱。

日式卡通主要在动画、连环画和电子游戏这三个主要产业中相互溶合。日式的卡通连环画通过由主笔构成领导的创作工作室完成并在杂志上进行连载，一旦为读者接受，便确立了连载地位并在这一过程了解读者反馈意见，作者再根据这些意见和建议展开以后的故事情节，这种作者与读者的互动性使一部卡通作品更具生命力，一个受欢迎的作品往往连载数年，影响久远。如在中国大陆早就成名的《七龙珠》、《圣斗士》、《阿拉

图 1.3.21《浪客剑心》插画

蕾》、《JOJO 冒险》、《乱马》等等都是一种创作模式。在卡通连环画作品成功后立即会进行动画片的制作和相关电子游戏的制作。从而使作品的形象和内容得以延伸。日本又是电子游戏大国。在游戏中原创的作品如果大卖就会马上被制作成动画和卡通连环画。这三大产业相互联动，再加上周边服装、文具、日用品、纪念品等产业的互动，使日本的卡通形象得到全方位的宣传，从而产生巨大的影响和巨额的商业回报，反过来回报其后的作品。这种良性的循环模式也是使日本卡通长久不衰的保证。

日本的动画和卡通连环画体材广泛，多数作品都是面向少年儿童，所以日式卡通的主角多为少男少女，这也使日本卡通诞生了独特的“少女

图1.3.22《圣传》插画

文化”。日本动画和连环画多以科幻、神魔等内容为主，与美式卡通的粗犷豪放相比较，日本卡通更具东方人浪漫、细腻，讲究意境和情调的特点。对于人物内心世界多以服饰语言和环境来加以刻画，内敛而不过于直白。在绘画方式上也多精于描绘人物服饰、用具、兵器、交通工具和大的场景，讲究单幅画面的美感。日式卡通中的幻想类作品分为神魔和机器人为两大类。在神魔幻想作品中，日式卡通借鉴了西方幻想的“龙与地下城”文化的内容，并摒弃了其中的繁缛细节，使之更加简单明了，通俗易懂，更容易为低龄层人群所接受。日式卡通又将魔幻与工业时代初期文化相结合，创作出一个魔法与机械并存的独特的世界观。既有飞龙怪物，又有机械的交通工具，使人看后耳目一新，过目不忘。在日式卡通的科幻类作品中，抛弃了美式卡通写实的特点，创造日式独特的“机器人文化”。机器人设定造型夸张，个性十足，色彩明快，富于幻想，与美式的“星球大战”等系列风格设定截然不同。

图1.3.23《机器猫》插画

图1.3.24小夏钝帆作品

图1.3.25小夏钝帆作品

图1.3.26小夏钝帆作品

图1.3.27小夏钝帆作品

图1.3.28《圣斗士》形象

图1.3.29《圣斗士》形象

图1.3.30《圣斗士》形象

图1.3.31《圣斗士》形象

LION
original author MASAMI KURUMADA
SACRED SAGA made in FUTURE studio
HOLY COMFORT

图1.3.32《圣斗士》形象

图1.3.33《JOJO冒险》插画

图1.3.34《风云》插画

三、港台卡通的特点

武侠和警匪是港式卡通最常表现的题材，与港式文化的相互结合诞生了港式卡通。武侠文化在港台发展已久，内容形式和创作套路早已根深蒂固。港式卡通通过与武侠文化和电影的互动，非常容易为亚洲华人所接受。武侠文学是“成人的童话”，其中扑朔迷离的情节，个性十足的人物，气势磅礴的场景，新奇怪异的服饰道具，这些取之不尽、用之不竭的内容为卡通作者提供了广阔的创作空间。

港式卡通作品以平面为主，吸收美式英雄漫画系列的特点，绘画风格以写实为主，画面精细，讲究动感，人物身材高大，线条硬朗，不惜花费大量精力描绘人物的动态和骨骼肌肉。在形式上，影视中的镜头感运用较少，多以文字来交待过场情节，而在武打上投入巨大的精力加以描绘。重视视觉感受而忽视人物内心世界的刻画也成为港式漫画的致命伤。画面炫丽、动感十足，但内容情节大多雷同，人物角色往往成为只会战斗的工具，让观众难有代入感，这些特点使港式漫画让人略感浅薄。

与港式卡通不同，台湾漫画多以简短明了的小故事、小情节来打动观众。蔡志忠、朱德庸、敖幼祥、萧言中、几米等人的作品，以深厚的文化内涵为底蕴，画面精晰、人物单纯、文字语言清新幽默，使得台湾漫画更具人文情结，宛如卡通商业化大潮中吹过的一缕清风，使人身轻气爽。

图1.3.35《风云》插画

图1.3.36《风云》插画

图1.3.37 敖幼祥作品

图1.3.39 蔡志忠作品

图1.3.38 敖幼祥作品

图1.3.40 蔡志忠作品

图1.3.41 敖幼祥作品

图1.3.42 敖幼祥作品

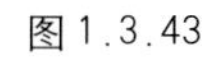
图1.3.43

图1.3.44

图1.3.45 敖幼祥作品
图1.3.46 敖幼祥作品

图1.4.1

图1.4.2

第四节　卡通的特征

卡通艺术以其独特的思维方式和生产方式使其有别于其它姊妹艺术，它具有以下四个特征：

卡通的动感化

卡通的符号化

卡通的趣味化

卡通的商业化

一、卡通的动感化

前面我们已经提到“动”是卡通的灵魂，卡通虽然来源于传统绘画，但它与传统绘画的最大的区别就在于对于“动感”的追求。

无论是动画片，还是卡通连环画都是以动态的连续画面来讲故事。在这里我们可以举一个例子，拿我国传统的连环画和现代的卡通连环画来加以比较。从中我们不难看出，我国传统意义上的连环画更接近于文学插图，也就是“应文配图”。传统连环画是在一段文字的基础上来构思图面，虽然文字描述的可以是一段时间的内容，但却只能以一张画面来尽可能涵盖所有的文字内容。而用现代卡通连环画来描绘这段相同的文字内容，往往需要多个画面，这也就是卡通中的分格绘画。通过多个画面的排列，让读者的眼睛随画面中人物和场景的变动而变动，从而产生运动的感觉。传统连环画中场景基本固定在中景，人物道具不会有特写。在同一个构图中尽可能全部表现出来，讲究的是单幅画面的构图、线条的疏密变化。而卡通连环画则如同电影镜头般移动。从远景、中景、近景、特写等多个角度来表现所要表现的内容。这种电影镜头的运用使观众更具有代入感，仿佛置身于内容情节之中，仿佛在随着角色一起来表演，而不只是作为一个台下的观众。从而使读者对于作品的内容产生更加强烈的共鸣。

图1.4.3《信任》插页

图1.4.4《再生侠》插页

图1.4.5《再生侠》插页

图1.4.6《魔法女干探》插页

图1.4.7《魔法女干探》插页

图1.4.8穆相珍作品

图1.4.9穆相珍作品

二、卡通的符号化

卡通艺术有其独特的语言方式，可能刚开始接触的读者对于其中的一些符号比语言还不太了解或看不懂，但这些语言在卡通中是创作者约定成俗的。多接触些这类作品，自然就可以看明白。比如在卡通中人物角色思考问题的表现，当角色想一件事情想明白的时候，我们会在角色的头顶画出一个闪光灯泡，这就是一个符号，代表角色已经想到了一个点子。类似还有动画片对于角色破门或破墙而出的表现。角色会在门或墙上留下一个自己身体外形的洞，代表破门而出时的速度感。这些个例子在卡通中有很多表现方式，读者看多了也就自然而然的明白了。这就是卡通的符号化，这就是卡通的独特的表达方式。

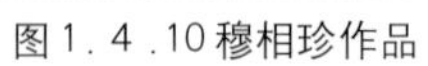

图1.4.10穆相珍作品

图1.4.11穆相珍作品

图1.4.12韩国卡通形象

图1.4.13韩国卡通形象

图1.4.14韩国卡通形象

图1.4.15韩国卡通形象

图1.4.16韩国卡通形象

图1.4.17韩国卡通形象

图1.4.18韩国卡通形象

图1.4.19韩国卡通形象

图1.4.20酷儿形象

图1.4.21酷儿形象

图1.4.22酷儿形象

图1.4.23酷儿形象

图1.4.24酷儿形象

图1.4.25酷儿形象

图1.4.26《飞天小魔女》形象

图1.4.27《飞天小魔女》形象

图1.4.28《飞天小魔女》形象

图1.4.29肖文津作品

三、卡通的趣味化

随着经济的发展，现实社会中人们越来越繁忙，生活节奏的加快，使得人们难以有时间去阅读大块头的书籍。社会信息的发达使人希望以短、平、快的方式来了解、学习自己想要得到的知识。生活的压力也使得人们渴望放松，在轻松和幽默的环境学习和休息，这也就是我们所说的"读图时代"的到来。

卡通艺术的发展正是顺应了这一时代人们的要求。卡通轻松幽默，通俗易懂，老少皆宜，可以让人们在欢笑轻松中学到知识。卡通的故事内容大多轻松活泼，引人发笑，不会刻板的去说教而是将道理溶于幽默之中，更容易让人接受。卡通的角色形象更是设计的性格各异，让人过目不忘，这些都决定了卡通受人喜爱的本质。蔡志忠的漫画《论语》、《老子》、《墨子》等系列，就很好的证明了这一点，他把原作中一个生僻晦涩的道理用浅显易懂的漫画形式表现出来，清新高雅，让人们轻松愉快的读懂了那些伟大思想家所

图1.4.30 肖文津作品

要阐述的人生哲理,这是其它的绘画艺术门类所无法作到的事，这也是卡通所独具的表达形式。

卡通的趣味性使其更易于为大众所接受,因此也就有着广大的消费群体和更广泛的商业空间。卡通不仅仅只是讲述故事，它自身轻松的形式可以在许多行业中大显身手,从广告招贴到书籍装祯、从产品宣传到服装设计，直到影视、戏剧、互联网、电子游戏等相关产业，卡通在其中都能发挥巨大的作用。在许多发达国家，产品说明书、企业职工守则等刻板的条例都以卡通漫画的形式来表现，反而更容易让人们去阅读和接受，由此我们也可以看到卡通艺术的广泛适用性。当然，卡通也不是万能的，对于一些更大历史事件的苦难悲壮的历史题材还是不太适合用卡通的艺术形式来表现的。

图1．4．31《魔法法法》
肖文津作品

图1.4.32 肖文津作品

图1.4.33日本卡通形象模型

四、卡通的商业化

卡通艺术的形式决定了它的商业特征，它不同于传统的油画、国画等艺术形式，它不是传统意义上的纯艺术而是更广泛意义的商业艺术。卡通艺术的传播性是其重要的特征。艺术家创作的卡通形象只有被社会大众所接受，才算实现了其自身价值。传统意义上的纯艺术可以是画家的孤芳自赏，而卡通艺术只有实现了商业化才具备了存在的意义。所以对于卡通艺术的纯艺术化的讨论和实践是完全没有意义的。公众是否接受是评价一个卡通形象成功与否的最根本条件。卡通形象如果无法深入人心为大众所接受，那也就失去了其存在的意义。经典的形象之所以经典，正是因为它进入了社会生活，对人们的生活产生了巨大的影响。所以对于一个卡通艺术家来说，形象设计的根本是公共性，形象的最大商业化才能对社会生活产生长远的影响。

图1.4.34卡通周边产品

图1.4.35卡通周边产品

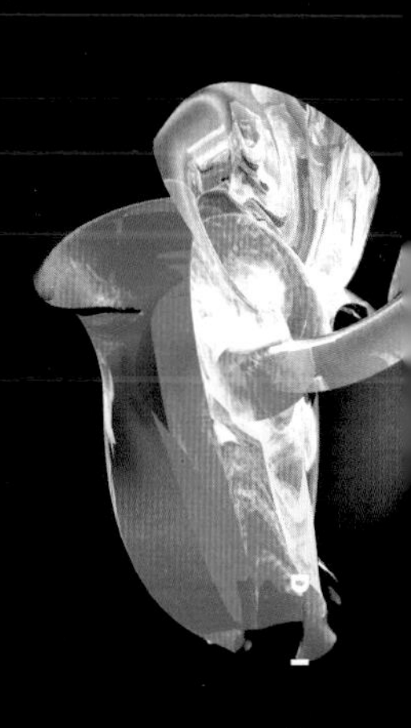

第二章

卡通形象的设计定位

图2.1.1

卡通形象不是凭空想象而得来的，在艺术家动笔设计之前要对所设计的形象的背景作出充分的了解和定位。了解形象的背景内容和相关延伸系列产品的内容，不同的定位需求决定了我们设计形象时的思路和风格。

第一节 不同形象的个性特征决定设计定位。

所谓形象的个性特征是指形象在其故事背景设定中的性格特征，这如同我们现实中每个人的性格特征一样，有人粗壮，有人灵巧，有人愚笨，有人伶俐。角色的个性要依靠设计家通过表情、动作、服饰道具等反应出来。不同的个性特征决定角色的形体、服饰、表情特征。在2.1.2图中，一个人物是凶猛残暴的山贼形象，一个是活泼可爱的小魔女形象，通过对他们形体、动态、表情和服饰的不同设计从而彰显出他们各自的内心性格。

图2.1.2《JOJO冒险》插画

图 2.1.3《JOJO 冒险》插画

图 2.1.4《JOJO 冒险》插画

图2.1.7

图2.1.5天野喜孝作品

图2.1.6天野喜孝作品

图2.1.7天野喜孝作品

图2.1.8天野喜孝作品

图 2.1.9 村田莲尔作品

图 2.1.10 村田莲尔作品

图 2.1.11 村田莲尔作品

图 2.1.12 村田莲尔作品

图2.2.1

第二节　不同的读者对象决定设计定位

卡通的观众层次、观众年龄各不相同，艺术家应根据卡通故事内容的受众对象来设计形象。对于低龄儿童，我们设计的形象应更加简单明了，色彩单纯，动作表现夸张明确。而对于成人，形象应更加成熟复杂。对于男性观众可能健硕、服饰硬朗的形象更容易为其接受，而对于女性观众清丽可爱的形象会更受欢迎。了解作品受众群体的喜好倾向才能使设计的形象更准确。

图2.2.2

图2.2.3

图2.2.4孔祥琨作品

图2.2.5孔祥琨作品

图2.2.6孔祥琨作品

图2.2.7孔祥琨作品

图2.2.8村田莲尔作品

图2.3.1

第三节　作品发布的裁体决定设计定位

卡通艺术最主要的两个载体就是动画片与图书。对动画片我们应该了解的是：动画片是依靠大量的重复性劳动生产出来的，动画片的形象要求有可复制性。只有这样大量的美工才可以进行制作，而不能单靠设计家一人完成，这就要求形象设计者在尽可能传达形象特征的同时力求线条简单化。你可以在形象设计中为你所设计的角色多加一个耳环，那就意味着在后来的制作中成千上万张画中这个形象都要多画上一个耳环。所以在动画片制作中要求形象设计者尽可能以简单的动态服装来表现和刻画出人物的个性特征。在色彩上也要力求单纯明朗。而对于卡通图书的制作来说，虽然也存在着以上的问题，但因数量的减少，相对来说可以最大限度的发挥设计者的艺术风格。

图2. 3 .2洪真作品

图2. 3 .3洪真作品

图2. 3 .4洪真作品

图2.3.5《超人》插画

图2.3.6《五星物语》角色造型

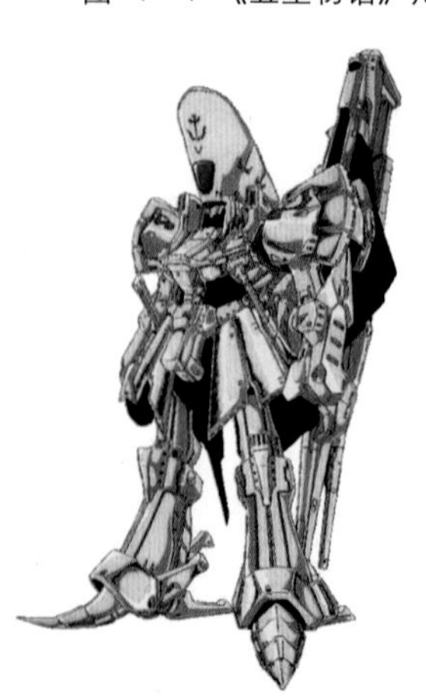

图2.3.7《五星物语》机器人造型

图2.3.8万智牌插画

图2.3.9万智牌插画

图2.3.10万智牌插画

图2.3.11万智牌插画

图2.4.1 肖文津作品

第四节　题材和内容的区别决定设计定位

这一点其实很好理解，那就是故事内容决定绘画风格，也同时决定了形象的设计风格，如图2.4.2中的上两幅是日本荒木先生的《JOJO冒险》系列的人物造型，该作品的故事内容更成人化一些，所以人物的服饰更加前卫、繁杂。而图2.4.3是儿童卡通图书《七个小丑人》的形象设计，七个形象的身体部分完全相同，服饰简单，只是在它们所戴的帽子和色彩上加以区别，让孩子能更清楚容易的辨认和记忆形象。

图 2.4.2《JOJO 冒险》插画

图 2.4.3《七个小丑人》角色造型

图2.5.1韩永刚作品

第五节 形象的产品类别决定设计定位

卡通艺术的延展性决定了角色形象不仅仅只存在于动画片或图书中，形象的延伸使其可能被制作成玩偶，可能用于制作文具，可能会应用于服装，也可能被做成雕塑等等。设计形象时我们应考虑形象的广泛适用性，从而使形象能更方便的应用于相关的其它产品中。设计吉祥物我们要考虑到印刷尺寸不同所带来的不同视觉效果，设计玩具时要考虑到产品的制作工艺要求。只有给自己设计的形象进行有效的产品定位，才能使形象本身更具有可延伸性。

图2.5. 2

图2.5.2卡通形象周边产品

图2.5. 3卡通形象周边产品

图2.5. 5卡通形象周边产品

图2.5. 4卡通形象周边产品

第三章

卡通形象的造型

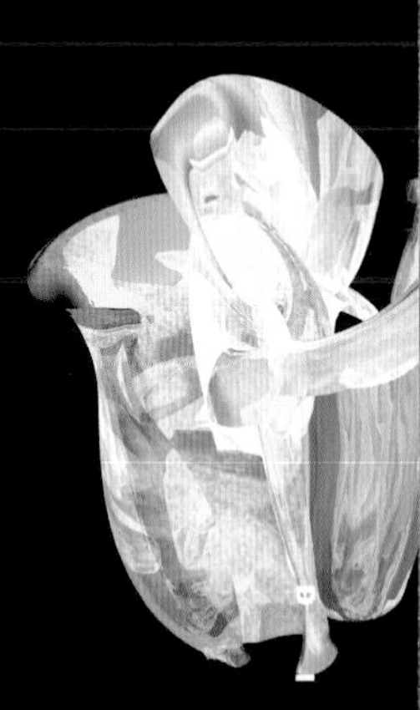

D I G I T A L A R T & D E S I G N

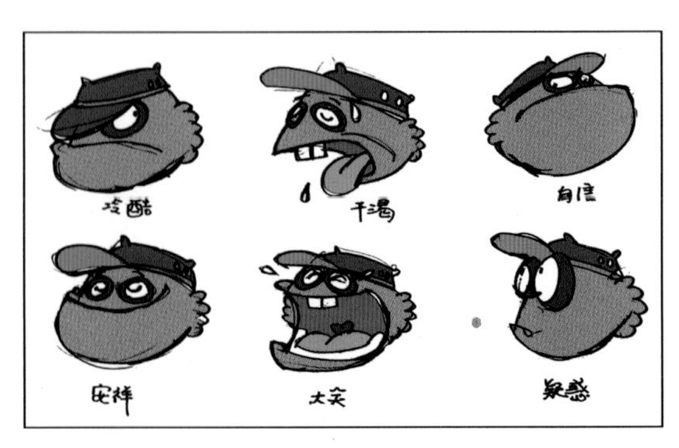

图3.1.1

图3.1.2王哲作品

图3.1.3陈利斌作品

卡通形象的设计创作与同门类的绘画艺术一样都需要扎实的基本功和写实能力，但具备以上能力并不就说明你能设计出好的卡通形象。卡通形象设计中最主要的手段就是夸张变形。

第一节　表情神态的夸张

我们所设计的形象无论是人、动物或其它物品，甚至于古怪的外星生物，最能表现其性格的就是他或它们的表情，拟人化的处理可以使我们把我们人类的表情附加在其它生物或物品上，使我们设计的形象具备了像人一样喜、怒、哀、乐的表情，从而使形象形神兼备，生动活泼。

在卡通形象的神态表情设计时，我们应在了解人物面部肌肉变化走向的基础上把写实的手法加以夸张、变形，其中眼部和嘴部的变化尤为重要。不同的眼神和口型的变形最能直接传达角色的心理变化。

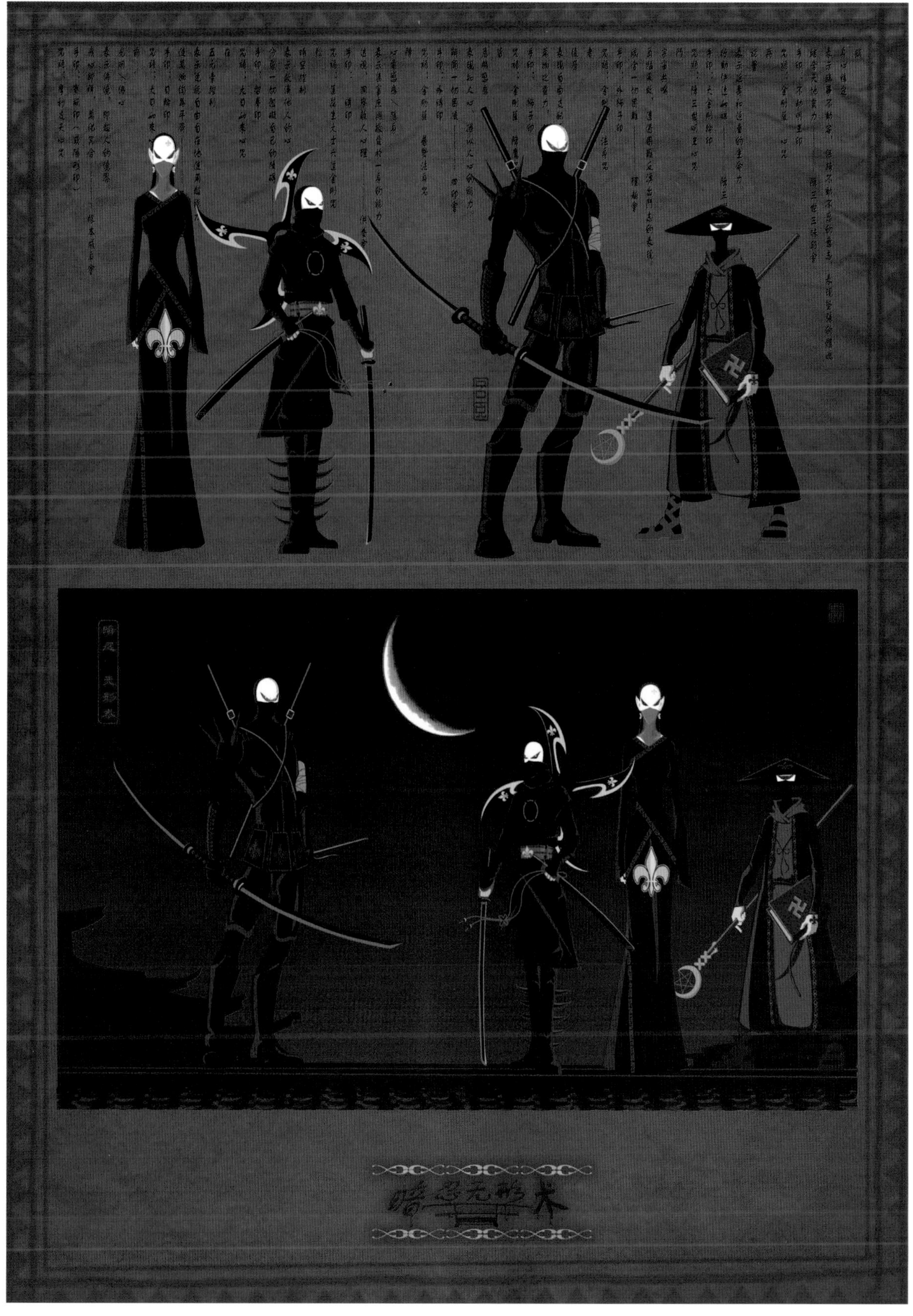

图3.1.4吕克作品

图3.2.1祝宏林作品

第二节　形体的夸张

角色的个性外形要相互一致。在形象设计开始我们就要抓住它的形体牲征来加以夸张和变形，肥胖的形象我们要使它更加肥胖，瘦弱的形象我们要使它更加瘦弱。在“七个小丑人”的形象设计中，黄色的胖堡就是肥胖型的角色。我们可以把它想像成为一个汉堡包的样子，圆滚的身体，眯缝的小眼睛、短小的胳膊和双腿表现出它的肥胖，也更加附合它“胖堡”的这个名称。对于动物的拟人化造型时，就应更准确地抓住其自身的形体特征来加以夸张变形，如兔子的耳朵、鹿的角、大象的鼻子、河马的大嘴、长颈鹿的脖子等，尤其在设定一组角色时，要尽可能地区别它们的形体对比，长、短、粗、细、扁、圆各具变化，相互衬托，更能彰显个性。

图3.2.2王哲作品

图3.2.3

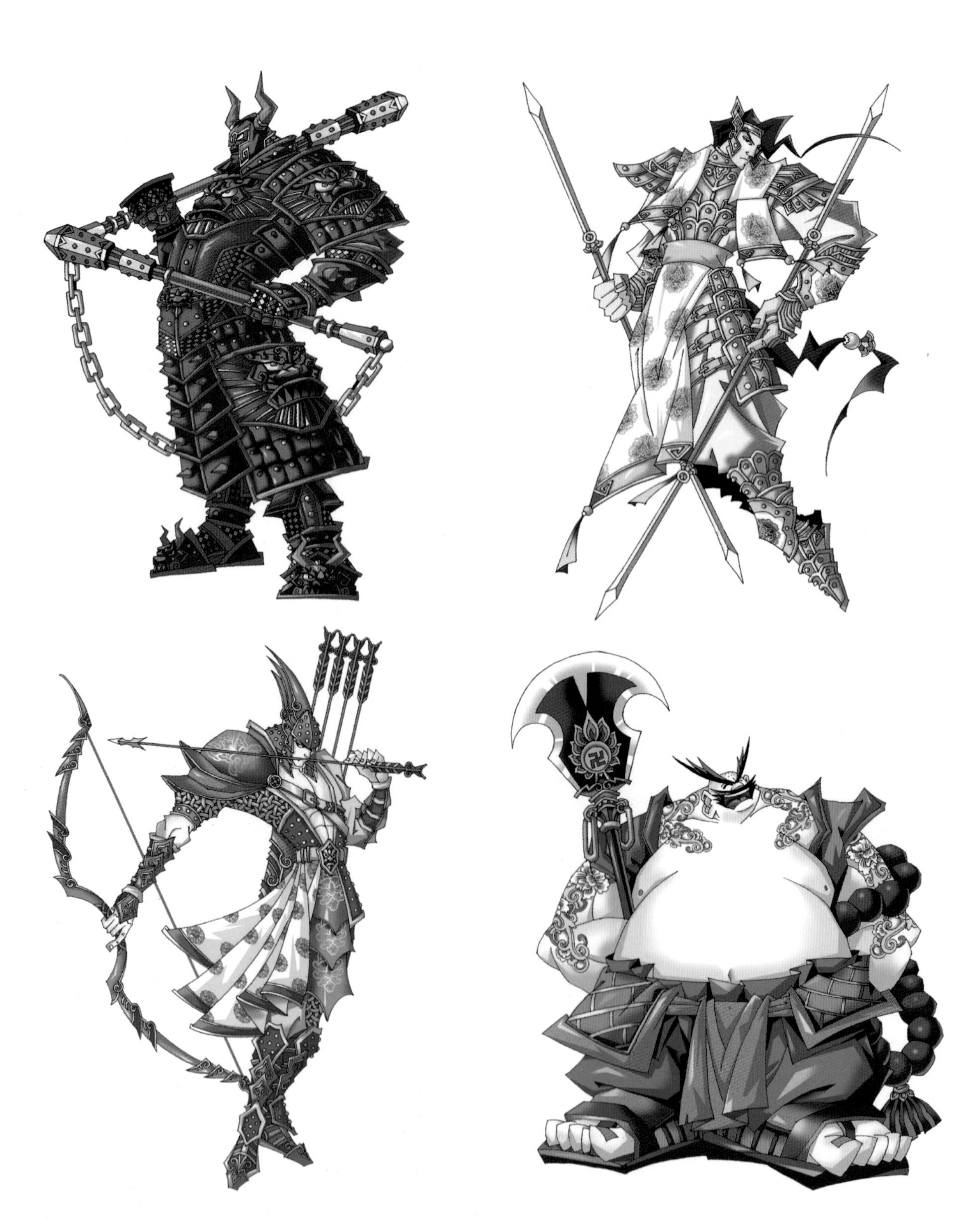

图3.2.4 肖文津作品

图3.2.5 肖文津作品

图3.3.1张珂作品

第三节　动态的夸张

角色因其体态的不同而具有不同的习惯动作。大象行动缓慢，兔子动行动灵活，在设计其形体的同时也应考虑其形体所形成的动态的变化。如果说表情可以表达人的喜怒变化，那么动态同样具有此功能，不同的行走步伐的变化可以表现出角色内心的轻松或焦灼，不同的站立姿势也同样可以传达角色的内心动态。在许多卡通作品中，往往没有对话语言和文字，只是通过表情和动态的变化来反映人物的内心世界。由此我们可以看出动态的变化对于卡通艺术的表现的重要性。

图3.3.2

图3.3.3

图3.3.4

图3.3.5《水浒人物》肖文津作品

图3.3.6《水浒人物》肖文津作品

图3.3.7 韩永刚作品

图3.3.8 韩永刚作品

图3.3.9 韩永刚作品

图3.3.11 韩永刚作品

图3.3.10 韩永刚作品

图3.3.12 韩永刚作品

图3.3.13《执法警长》张珂作品

图3.3.14《执法警长》张珂作品

第四章

卡通形象设计造型案例

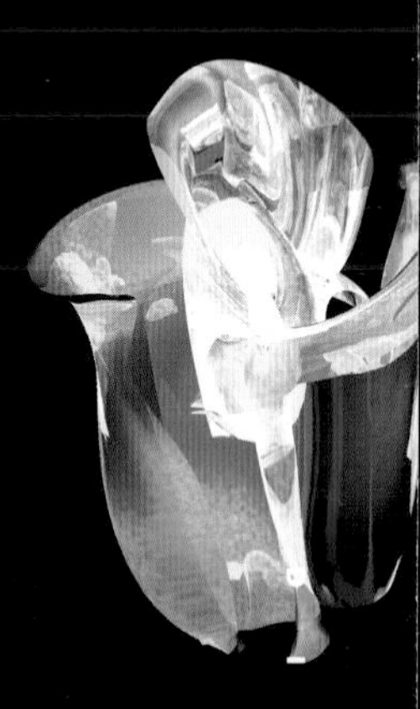

图4.1.1

通过以上章节的讲解，我们已基本了解卡通形象设计应遵循的基本原理的注意事项。现在就让我们通过一个具体设计案例来进一步说明形象设计的过程。在这里我们给出一个假想主题：设计一个拳击手的形象，以动作作为假想形象来进行设计。在这里我们选择以老虎的形象为素材来进行设计。

假想主题：

●老虎

●拳击手

第一节 拟人化的处理

在卡通形象创作中我们经常会进行拟人化处理，通过这种手段可以将动作或物品附于人的动态和表情，可以将无生命的物品生命化。使之更加具有人的特征，即使是一个小小的牙刷通过拟人化处理使之更像一个活生生的生命体，具有表情、动作、性格等各种人的特性，这样的形象才更具有生命力，也更能吸引观众。

我们先随意画出一个人的形象。

图 4.1.2

我们可以多去写生或拍摄老虎的形象，来作为我们创作的素材。

图 4.1.3

图 4.1.4

图4.1.5

图4.1.6

我们把随意画出的人物和老虎的形象相结合进行拟人化的处理，让老虎像人一样直立起来，就可以得到下面的形象，如图4.1.4并可以和我们画出的人物形象加以比较。

第二节 形体夸张的处理

现在我们画出的拟人化的老虎形象形虽然具有了人的外形，但它的形体与我们要设定的拳击手的形象特征相差甚远。我们可以看看拳击手的图片以了解他们的形体特征。这里有两张泰森的照片，我们可以看到拳手的项部、胸部较为发达，脖子粗壮，下身的肌肉特征远没有上半身发达。明确了这些特征，我们就可以对原本的拟人化老虎形象进行夸张改动，使它的形体更符合“拳击手”的职业特点。

图4.2.1

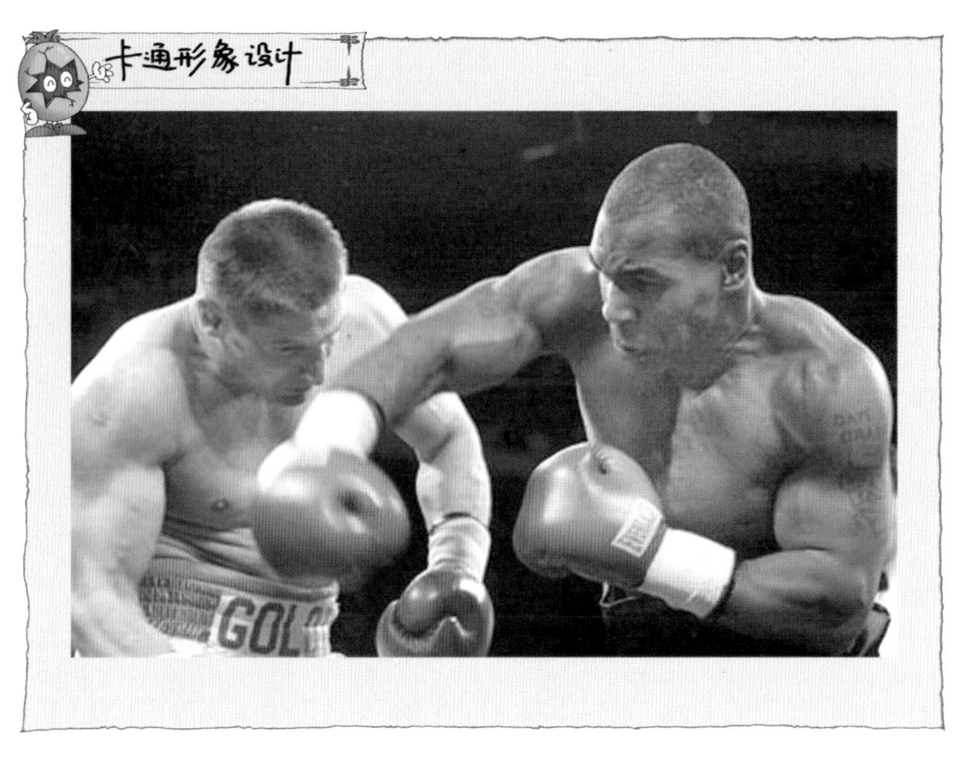

图4.2.2

通过夸张、变形，可以看出，我们夸张了颈、肩、胸各部肌肉，夸张拳头的大小，淡化腿部，拉大了上、下半身的比例，使形象看上去更加威武有力。(如图4.2.3)

图4.2.3

图4.2.4

第三节　职业特征的处理

拳击手有它特有的服饰、拳套、短裤和长靴，我们给它画上去，让形象的职业特征更加明显。(如图 4.3.1)

在卡通形象中，角色的职业特征非常重要，了解特定职业的服饰特点是对设计师最基本的要求，设计师应通过写生或查阅资料来了解自己所设计形象的服饰特点，力求用简练的笔法概括出角色的职业特点。

图 4.3.1

图 4.3.2

第四节 个性特征的处理

进行到这一步我们已画出完整的形象，但形象自身的特点还不是很明确，缺少独立形象的个性特征。我们在以下几点可以改动，让形象更具特色，便于观众对形象的认识和记忆。

1．将形象的眼睛一个加大，一个缩小。

2．形象的胸部添加心形纹身。

3．在形象的拳套上添加火焰纹样。

4．形象的嘴部添加露出的牙齿，使它看上去显得更加凶狠。

通过以上处理，形象的个性化特征更加明显了。(如图4.4.1)

图4.4.1

图4.4.2

然后我们要画出形象的基本表情和侧面、背面的图形，这主要是为了在以后的创作过程中更好的掌握形象的角度和神态的变化。(如图4.4.3，4.4.4，4.4.5)

观看拳击录像，设计出形象的基本动态。(如图4.4.6，4.4.7)

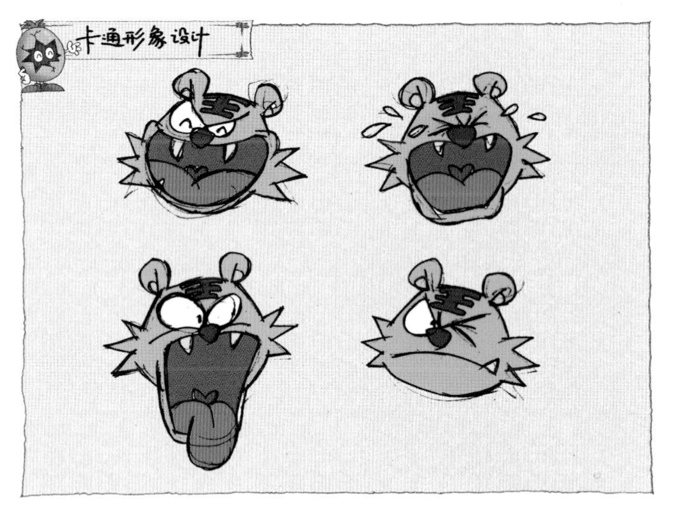

图4.4.3

图4.4.4

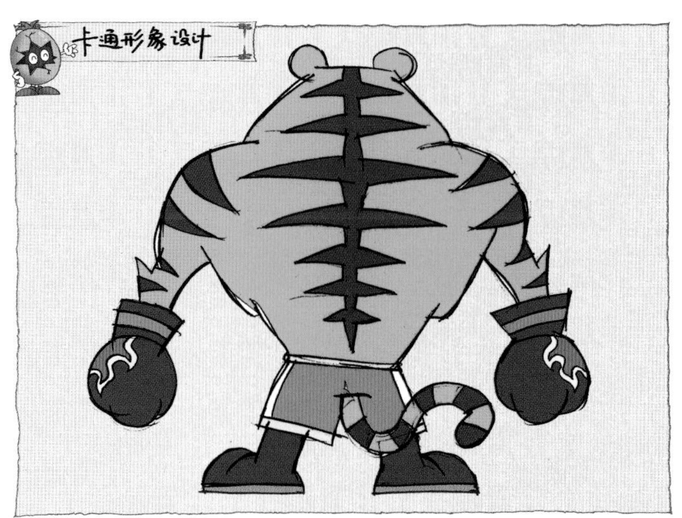

图4.4.5

图4.4.6

图4.4.7

第五节　人性化的处理

拟人化处理不是简单的将形象画成人形，而是让它更像是一个现实中的人，它可能是你崇拜的明星，可能是你的同学，也可能是你的邻居。总之，在这里，设计师可以把个人及亲戚朋友、同事等相关联的人物的个性资料附加在你所设计的形象身上，使之看上去更加有血有肉，完全像是一个活在我们身边的人物。这种设定在我们画之前就应该整理清楚，以下是老虎拳击手的设定资料。

· 姓名：泰虎

· 年龄：38 岁　　· 身高：180CM

· 性别：男　　· 职业：拳击手

· 国籍：美国　　· 出生地：芝加哥

· 最喜欢的颜色：淡玫瑰红

· 最喜欢的食物：汉堡

· 最喜欢的东西：自己儿子的照片

· 最厌恶的事情：睡着时被电话铃声吵醒

· 最崇拜的人：毛泽东

· 最难忘的事：求婚时的情景

· 最喜欢的一句话：我只用自己的拳头说话

通过以上的设定可以让我们的形象更加丰满真实，它就像现实世界中一个真正的拳击手一样有着自己的喜好和厌烦。以下再画出它的两张情景图，一幅和儿子玩耍，(如图4.5.1) 一幅是陪妻子逛街。(如图4.5.2) 通过两幅图片表现出形象人性化的一面。

图4.5.1

图4.5.2

第六节　延展性的处理

形象的延展性是指当形象设计完成后我们可以通过对形象服饰道具的改变来变换形象的职业特点。老虎的形象已经确立，当我们为它更换服饰时它会变成一个手执臣剑的欧洲武士，或是潇洒豪放的中国侠客，甚至于是朴实憨厚的水管修理工。（如图4.6.1，4.6.2，4.6.3，4.6.4）通过以上六个步骤的处理，我们设计出一个完整的形象，如何更进一步的塑造形象，使之完善，是每一个卡通形象设计者所要不断努力的目标。

图4.6.1

图4.6.2

图4.6.3

图4.6.4

后记

卡通艺术作为一种独特的艺术形式有其自身的特点，其艺术性，商业性的价值日益彰显，随着经济的发展，卡通艺术产生了不同的风格阵营，以其巨大的魅力感染影响着整个世界，从文化领域到经济领域卡通艺术都对世界产生了巨大的影响。本书通过四个章节详细讲述了卡通的起源和概念，卡通的风格和造型及设计定位方式等问题，并通过具体的设计案例讲述卡通形象设计中的构思方法，造型方法和应用方式。在本书编写过程中，山东工艺美术学院数字艺术系动画专业的韩永刚、孔祥琨、祝宏林、张珂、王哲、陈利斌、洪真、穆相珍、吕克等同学为本书插图提供了自己的作品，在此对以上同学的大力支持深表感谢！

肖文津
2005.6